Nina Misellì

PENSIERI NASCOSTI

Youcanprint *Self - Publishing*

Titolo | Pensieri nascosti
Autore | Nina Miselli
ISBN | 978-88-91108-44-9

Youcanprint *Self-Publishing*
Via Roma, 73 - 73039 Tricase (LE) - Italy
www.youcanprint.it
info@youcanprint.it
Facebook: facebook.com/youcanprint.it
Twitter: twitter.com/youcanprintit

PREMESSA

Ogni giorno ci alziamo senza chiederci mai chi siamo e cosa pensano le persone della vita.

Mi sono soffermata a guardare il mondo, ho udito il sussurrare del vento che, danzando fra le foglie, mi raccontava la vita.

Ho sentito paura, gioia, tristezza, amore, felicità.

Tutte queste emozioni cavalcano il vento e portano con se il profumo della vita, la brezza del dolore.

Ho sentito tutto questo vacillare fra le fiamme di un falò che non riesce più a riscaldare il cuore, sotto questo cielo di stelle.

Le guardo tutte, ma nessuna brilla per me.

Solo il vento che canta per me.

INDICE

LUCE

Nove mesi fa sei entrato nella mia vita come un fulmine a ciel sereno. Non mi avevi chiesto di far parte di me.

All'inizio ero spaventata, quasi turbata dalla tua presenza.

Giorno dopo giorno abbiamo imparato a conoscerci, a crescere insieme e le mie paure sono divenute verità. Una verità che mi accompagna dal sorgere del sole al tramonto, quando ancora con gli occhi chiusi ti tocco, sperando che tu ci sia. Il mio cuore si ferma, smette di battere, poi come per magia avverto un lieve movimento ed allora apro gli occhi e ti ascolto con tutto il mio amore, senza parlare.

Sul mio viso scivolano lentamente lacrime di felicità.

Amore è bello essere felici.

Ormai sono passati nove mesi e la tua presenza è sempre più viva in me.

Mio caro non riesco più a resistere, ho voglia di toccarti, abbracciarti e di addormentarmi con la tua mano nella mia.

Finalmente ci siamo, inizio a non dormire di notte, i tuoi piedi mi tormentano. A volte spingono così forte da impedirmi di respirare.

Questa mattina mio caro mi sento stanca, la schiena mi fa male, sento dolore. Ormai ci siamo.

Siamo in ospedale e tu non vuoi lasciare il tuo rifugio, malgrado io stia dando tutta me stessa per aiutarti ad uscire

E' stata una giornata molto dolorosa per entrambi, ma poi finalmente hai compreso, ti sei fidato di me ed hai lasciato il tuo nido per vedere la luce.

Io e tuo padre siamo qui, a braccia aperte, pronti ad accoglierti: sei cosi piccolo e delicato.

Ho ascoltato il tuo pianto e ho compreso che mi stai cercando. Ti ho preso tra le braccia ed ho pianto insieme a te: finalmente ti vedo, ti tocco, ti sento.

Ho sorriso e ti ho detto che sei la mia luce.

Lo sarai per sempre.

Benvenuto al mondo, piccolo mio.

CARO DIARIO

Mi sento intrappolata in questo corpo che non sento più.

Il passato ritorna ogni notte e mi tormenta. Quel passato, in un luogo lontano di cui non conosco il nome.

Sento che quest'epoca non è la mia, che il mondo così com'è non mi appartiene. Da quando sono tornata in vita, ho delle visioni che non riconosco, luoghi lontani così familiari e allo stesso tempo sconosciuti.

Nei miei sogni, mi rivedo in un tempo lontano dove non esisteva la Tv, dove le donne erano dolci e sottomesse, dove gli uomini erano gentili e arroganti.

E poi eccomi qui, con tante persone vicine a me, che mi vogliono bene. Eppure mi sento sola. Vivo una sensazione di vuoto che mi sta distruggendo, rendendomi triste.

Vorrei ritornare indietro e vivere quella vita passata dove mi sentivo libera e felice, dove le persone ti aprivano la porta, si toglievano il capello per salutarti e si aiutavano, nel loro piccolo, tra loro.

Ogni giorno, quando mi sveglio, apro gli occhi sperando di essere tornata a casa. Ma sono ancora qui, sola lontana dalla mia vita, lontana dal mio mondo e mi chiedo il perché.

Questa domanda senza risposta mi uccide dentro, mi conduce lontano e non so che fare.
Ogni volta che un ricordo del passato affiora nella mia mente, comprendo che non sarò mai più la persona che ero prima.
Ora lo so, vivrò per sempre prigioniera del presente.

MAI NATO

Cara mamma,

non hai voluto conoscermi, mi hai definito un errore.

Non ti chiedi mai di che colore ho gli occhi, se i miei capelli sono ricci o lisci, se ti somiglio?

Ti avrei donato amore, dolcezza e serenità. Ogni sera mi sarei addormentato con la mia mano nella tua, con la mia bocca sulla tua guancia e ti avrei detto

«Buona notte mamma».

Io sono ancora qui ad aspettarti e vorrei dirti di non preoccuparti. Comprendo che in alcune situazioni ci sono scelte difficili, scelte dure. Ed è per questo che ti perdono e che ti dico che un giorno tu mi abbraccerai in un luogo dove il tuo spirito cercherà il mio e dove potremo vivere il nostro amore.

VITA

Cara mamma,

oggi, mentre eri alla lavagna, sentivo la tua ansia, il tuo cuore batteva forte, ed io con la mia manina, ho toccato la tua pancia per dirti di non aver paura.

Ma tu non mi ascoltavi, perché ancora non sapevi che io esisto.

Cara mamma,

oggi hai litigato con papà. Lui ti far star male e ti fa piangere. Ora voi sapete della mia esistenza.

Questa notte hai pianto, ti rigiravi nel letto, non sapevi cosa fare.

Il tuo cuore batteva forte e il mio con te.

Hai avuto paura ed io con te.

Finalmente l'alba. La luce ha illuminato il tuo viso e i tuoi occhi brillavano. Io ho compreso.

Cara mamma,

sono passati molti mesi da quella notte ed io finalmente sono fuori, ti vedo e tu mi sorridi perché tu sei la mia luce ed io sono la tua vita.

PAURA

Ogni giorno vado a scuola. Mi sento diversa, cambiata, ma i miei compagni non conoscono la verità.

Io scherzo, sono aggressiva, ma i miei occhi sono spenti, vuoti.

Ogni giorno, mi chiedo perché...

Perché questa mia paura cresce giorno dopo giorno, diviene sempre più forte, mi oscura e mi spinge in un abisso profondo dove fatico a respirare?

Durante il giorno cerco di non pensarci, ma nel mio letto, con il buio, i miei timori prendono vita e la paura più grande ha il sopravvento: ho la gola chiusa, il mio cuore batte forte e l'ansia aumenta, minuto dopo minuto, secondo dopo secondo. Non riesco a fermarla, vorrei urlare. Inizio a tremare.

Finalmente con le poche forze, mi alzo e chiamo i miei.

«Aiuto!Non respiro!»

Corsa in ospedale...

Torno a casa, finalmente un sospiro di sollievo e sul mio viso scivolano lentamente le lacrime.

Solo allora mi chiedo perché devo aver paura della morte.

Perché deve capitare proprio a me che ho solo quindici anni…

LIBERTÀ

Sono ferma e guardo il vuoto. Non ho un pensiero, ma un sogno. Lascio libera la mia mente e lei, mi conduce lontano.

I miei occhi vedono ciò che nessuno può vedere, la mia mente è felice.

Corro libera, libera da ogni realtà…..

Corro tra le nuvole come una rondine che ritorna nei paesi caldi.

Corro come un fagiano che, spaventato, vola lontano.

Corro come un cavallo selvatico, libero nella prateria.

Mi sento libera e sono felice, perché sono libera e soprattutto il mio cuore è felice, felice di amare il mondo e le sue bellezze.

Apro gli occhi e vedo una realtà migliore, che ogni giorno può donarmi un dolce sorriso.

Il mio sorriso è il vostro sorriso.

FRANCESCO – FRANCESCA

Caro papà,

ogni volta che trascorro le vacanze con te, mi chiedi sempre delle mie ragazze e di come saresti felice ed orgoglioso se ti regalassi un nipotino.

Ogni volta prometto a Roberto di dichiararti la verità, quella verità che so ti farà male e di cui avrai tanta paura e vergogna.

Non ho trovato altro modo di raccontarti chi sono, se non così, con queste pagine.

Mi sono sempre sentito diverso: amavo giocare con le bambine e non a calcio. Ogni volta che tu e mamma uscivate io correvo in camera vostra ed indossavo i vestiti di lei. Mi truccavo e mi sentivo me stessa.

All'inizio ho sofferto tanto perché nascondevo la mia vera natura a me stesso e a tutto il mondo.

Poi, un giorno, mi sono guardato allo specchio ed ho compreso, che io non ero Francesco, ma Francesca.

In questo momento mentre ti scrivo, ho riflesso nei miei occhi te, caro papà.

Tu mi odierai perché sono diverso.

Ma in fin dei conti cosa significa essere diverso?

Io dentro di me sono e sarò sempre Francesco.

Caro papà, ho cercato per tanti anni di negare i miei sentimenti. Credimi

Ti prego papà, ho bisogno di te. Non lasciare che la paura oscuri i tuoi sentimenti. Ho bisogno di sapere che posso contare su di te.

Non volevo farti soffrire papà, ma anch'io soffro e con me Roberto. Lui mi comprende e sa sempre quello che voglio.

Sai papà, il nostro amore è così forte da darmi la forza di cambiare per sempre la mia vita.

Ti prego accettami per come sono realmente.

So che comprenderai quanto per me sia stato difficile scrivere queste poche righe, ma voglio essere libera di amare alla luce del sole.

Ti voglio bene papà.

Tua Francesca.

DIVERSO

Ho quindici anni e mi sento diverso.

Oggi ero a scuola per gli esami di recupero. Ero da solo nel banco e i miei compagni erano tutti vicini.

Li guardavo, ed ho compreso che per loro sono diverso, sono il niente.

A scuola non importa che io ci sia o non ci sia. Il mio mondo sta crollando a pezzi, ma nessuno lo nota. Ho paura di scomparire per sempre, ho paura di parlare, ho paura che non potrò mai essere amato.

Eppure c'è una voce dentro di me che mi scuote fino all'esasperazione. Quella voce mi urla, mi spinge in una direzione senza ritorno. A volte ho la sensazione di essere il suo schiavo, di non riuscire più a tenerla nascosta dentro di me.

Lei mi spinge a fare del male, di urlare contro di "loro" e di uscire dal mio guscio.

Alcuni giorni fa, ho cercato di parlare con Sabry, ma lei mi ha deriso di fronte ai miei compagni.

«Ragazzi, sapete? Lo sgorbio mi ha parlato, sa anche parlare allora…

Ma figuratevi se io che parlo con lui! Guarda come ti vesti! Sembri mio nonno: sei goffo, stupido e non vali niente. Sei il niente!»

La voce dentro di me urlava, dicendomi di reagire. E così l'ho spinta con tutte le mie forze. Leiè caduta come se fosse la scena di un film a rallentatore.

Sono scappato via senza voltarmi e ripetendomi che non sarò più il niente.

Ma chi sono io?

CHI SONO IO

Tutti mi credono forte, capace di reagire ad ogni situazione, ma non è così.

Ogni giorno indosso la mia bella maschera e non mostro mai me stessa.

Ogni volta che qualcuno mi ferisce, non comprende fino a che punto mi fa star male. Non lo potrebbe mai capire. Se solo conoscesse la vera me, capirebbe che dolore mi ha provocato.

A volte penso di essere un fiore che uno alla volta perde i suoi petali. Ma quando cadrà l'ultimo cosa succederà?

Guardo il mio passato, lo osservo e mi sembra vuoto. Mi chiedo cosa ne sto facendo della mia vita.

Non vedo un futuro, non vedo né un presente,nè un passato ed allora mi chiedo chi sono io…..

RABBIA

Non conosco il motivo della rabbia che a volte sento viva in me.

E' come se lei mi parlasse e volesse uscire fuori. Quando la sento così inizio a rispondere male a scuola, ai compagni ed alzo le mani.

Non mi importa di essere sospeso, non mi importa di non avere amici.

Non mi importa di essere diverso.

Se non mi comporto così, lei mi far star male.

I miei mal di testa sono così dolorosi e insopportabili da preferire la rabbia alla tranquillità....

Non chiedo a nessuno di comprendere, non mi interessa....

SOSPESA NEL VUOTO

Ero sospesa nel vuoto. Sotto di me c'erano solo le nuvole ed una nebbia fitta che non mi permetteva di vedere nulla, ma la pace che mi donava era qualcosa di meraviglioso che non ho mai più provato.

Ero sospesa nel vuoto. Una voce dentro di me mi diceva di imboccare un tunnel oscuro e di dirigermi verso una luce, che con il suo calore ma avrebbe abbracciato come una mamma fa, con il proprio bambino. Sentivo avvicinarsi un piacevole calore. Finalmente avevo trovato la pace. Quella pace che avevo tanto cercato nella vita. Ero felice ed in pace con me stessa e con il mondo.

Volevo andare verso quella luce, ma all'improvviso ho sentito delle urla forti e disperate richiamarmi. Mi faceva male sentire quelle urla, quella disperazione era più forte del mio desiderio di pace. Sapevo che dovevo tornare, ma non volevo lasciare quel luogo perché ero sicura che non avrei più ritrovato quella pace, mai più.

All'improvviso mi sono sentita risucchiare come in un vortice ed ho aperto gli occhi. Attorno a me c'erano mia sorella il dottore e l'ostetrica. Continuavo a perdere sangue e mi sentivo stanca.

Il mio spirito era tornato nel mio corpo: le urla di mia sorella erano state più forte della luce.

Il brutto non è stato lasciarsi andare nella luce, ma ritornare alla vita.

Ricordo che, dopo molti giorni passati a letto, la prima volta che mi sono alzata non sapevo più camminare, le mie gambe non mi reggevano. Ho avuto la sensazione di essere come un bambino che impara a camminare per la prima volta.

Avevo rabbia, tanta rabbia.

In me qualcosa era cambiato: una parte di me era rimasta in quel luogo. E' come se nel mio cuore, quel giorno, si fosse creato un muro.

Eppure io vivo, amo la mia bellissima famiglia che non lascerei mai, voglio vivere con loro e con loro diventare vecchia.

Ma allora perché non ho più ritrovato quella pace e quella serenità che ho provato nel vedere la luce?

MI HAI RUBATO LA FANCIULLEZZA

Ero una bambina e non comprendevo cosa mi stesse facendo. Lui mi diceva che era un gioco, che non avrei sentito male. Io gli ho creduto, finché sentii dolore. Iniziai a piangere e chiedergli di smettere, ma lui più grande e forte di me non si fermò.

Io, allora, chiusi gli occhi come per nascondere quella realtà.

Finalmente tutto terminò. Aprii gli occhi e vidi sul suo volto un sorriso diabolico. I suoi occhi erano crudeli. Mi disse che era colpa mia, che non potevo dirlo a nessuno perché ero una bambina cattiva e che nessuno mi avrebbe creduta.

Non ho più dimenticato i suoi occhi. Quasi ogni notte li ho sognati. Cercavo di urlare, ma la mia voce era muta. Mi svegliavo col cuore in gola, ma non potevo dir nulla.

Ho vissuto per anni con quella paura e nel sentirmi in colpa.

Un giorno ero con una amica ad un incontro e qualcosa dentro di me è esploso. Ho iniziato a piangere e a raccontare il mio dolore, le mie paure. Per la prima volta mi sono sentita libera. Quelle persone intorno a me pur essendo estranee, mi hanno confortata, dicendomi che la colpa non era mia, che ero una vittima.

Sul mio viso le lacrime sono scese lentamente. Era come se mi avessero tolto un macigno dal cuore.

Non sarò mai una ragazza serena, avrò sempre i miei incubi e le mie paure. Forse un giorno mi fiderò di un uomo o forse no. Non lo so.

Ma so di certo che la colpa per quanto è accaduto non è stata mia. Provo solo tanta rabbia perché mi ha fatto del male e spero che un giorno lui soffra come ho sofferto io.

Non sarò mai una ragazza uguale alle altre perché qualcuno ha rubato la mia fanciullezza.

MA QUANT'E' BELLA LA VITA

La vita siamo noi ed è bellissima. Soprattutto quando si hanno amici che ti vogliono bene, quando sai che loro, per te, ci saranno sempre.

La vita è bella, e come dice Gandhi:« Ciò che è fuori è anche dentro di noi. Se non hai dentro niente non puoi vedere la bellezze esterne che ti riempiono il vuoto che hai dentro».

La vita è bella anche quando ti sembra che tutto il mondo ti giudichi, perché sei vivo ed è bello vivere.

La vita mi piace. Non sempre è a tuo favore, non sempre accadono cose belle, però solo per il fatto di viverla è favolosa.

In poche parole il significato della nostra esistenza è dato dal vivere ogni giorno non pensando al futuro, non pensando al passato, ma camminando giorno per giorno accanto alla vita, considerarla bella e come se fosse la tua migliore amica.

AMORE

Amore mio,
sono trascorsi due mesi da quando ti ho visto l'ultima volta e sento la tua mancanza.

Ti amo tantissimo ed odio questa lontananza che ci separa, che mi divide da te. Non mi bastano più la web, i messaggi, le video chiamate. Io voglio abbracciarti, stringerti, sentire le tue morbide labbra selle mie.

In alcuni momenti penso di lasciare la scuola, di scappare da te, ma poi penso al nostro futuro, ai nostri figli che ci somiglieranno come due gocce d'acqua.

Ti prometto amore mio che nessuno ci dividerà mai, neanche la lontananza, perché io ti amo.

Molti mi dicono che la lontananza fortifica l'amore, ma è dura non poterti toccare, sentire il tuo dolce respiro.

Ricordi quando il vento ti scompigliava i capelli e tu ti arrabbiavi? Eri bellissima, sembravi una fata.

Non posso comunicare a nessuno i miei sentimenti, solo tu sai come mi sento.

Mi manchi tantissimo. Ti amo amore mio.

Non è solitudine quando non hai le possibilità. E' proprio
il non averne che ti apre al mondo intero.
"Solitudine" è quando hai delle possibilità, ma ti ritrovi a
scartarle una dopo l'altra perché, nessuna soddisfa quel
limite che si potrebbe definire "decenza" per la tua felicità.
Ed è per questi motivi che ti rendi conto di quanto sia
difficile soddisfarsi e di quanto sia difficile svendersi per
farlo.
Posso dire essere sola.

IL SENSO DELLA VITA

A volte penso che la vita non abbia senso,ma altre volte mi dico che ho solo quattordici anni e che ho ancora tempo per capire quale sia il vero senso di tutto.

Che senso ha la vita se poi questa vita ci distrugge tutti?

Si, perché tutti i giorni moriamo dentro, o almeno io muoio dentro.

Ogni giorno per me è una lotta e ogni volta mi ripeto di non far nulla e così alzo le spalle e abbasso la testa. E' l'inizio dell'ennesima guerra dentro di me, che combatto e perdo sempre contro me stessa.

Ed è qui che mi chiedo quale sia il senso di questo dolore.

Lotto per la mia felicità e quando sento di aver superato un ostacolo mi lascio abbattere da quelle persone che ne approfittano, che ti riempiono di bugie e poi ti lasciano sole ad affrontare il mondo.

Purtroppo, se vedono il bene si aspettano il bene e non voglio dover soddisfare le aspettative altrui…

Forse ora ho compreso il senso della vita:bisogna lottare e farsi male per arrivare alla fine della nostra esistenza e dire "sono felice da far schifo."

Quindi è tutta una lotta contro tutti e tutto.

Il premio in palio è la nostra felicità.

LA FINE DI TUTTO

Alla fine, la vita è una continua spirale di morte.

La gente nasce, cresce, si fa un culo per studiare, si fa in otto per mantenere la famiglia, ma alla fine muore. Tutti muoiono.

Se esiste un Dio, mi sembra che si stia divertendo o che stia cercando di realizzare un progetto di un mondo perfetto. Ma evidentemente deve avere sbagliato qualcosa, perché questo mondo perfetto non lo è.

Tutto ciò che inizia, prima o poi deve finire.

NON CAPISCO LA VITA

E' impossibile spiegare qual è per me il senso della vita. Non lo comprendo ancora, non capisco molte cose. Ad esempio perché si muore?
Perché si nasce per poi non poter vivere normalmente ?
Perché si commettono errori?
Molti diranno che il senso della vita lo dona la famiglia.
Io non lo dico, non è cosi per me. Potrò amare la mia famiglia, ma lei non darà mai un senso alla mia vita.
Io non capisco a cosa serve tutto questo, quindi per me la vita non ha un senso.

RABBIA PER LE PERSONE DIVERSE

Da un po' di tempo ho dei cattivi pensieri sulle persone con diverse abilità .

Ad esempio a scuola c'è un ragazzo che quando viene interrogato gli vengono poste domande semplicissime. Alla fine poi ha voti più belli dei miei e io mi innervosisco.

A volte penso cose brutte come: «Stupidi handicappati non fate mai niente e quel poco che fate, lo fate solo con l'aiuto degli altri!».

Poi rifletto e mi vergogno di questi pensieri, ma nonostante io sappia che siano sbagliati continuo a farli.

Cosa dovrei fare? Non so a chi rivolgermi, forse a un prete o a uno specialista.

Ho provato ad aiutarli sperando di poter far cessare queste voci ma tutto è stato inutile.

Cosa devo fare? Ho bisogno di aiuto.

NATALE

Il Santo Natale è il giorno in cui si festeggia la nascita di Gesù. In quel periodo si vive nello spirito del Natale: perdonare, fare del bene, aiutare gli altri per quello che ci è possibile e vivere in pace.

La maggior parte delle persone ha dimenticato il vero significato del Santo Natale, a causa della commercializzazione. E' così diventata una festa in cui si mangia e si spendono soldi.

Tutti i buoni principi del Natale sono quasi scomparsi, anche se penso che andrebbero praticati ogni giorno dell'anno. Credo che così tutti vivrebbero meglio.

ABBANDONO

Cerco di non pensare a lei, ma la mia testa è più forte della volontà, soprattutto nei momenti di solitudine.

Incomincio ad odiarla perché non torna da me. Mi sento come una barca che va alla deriva senza trovare un porto dove ormeggiare. Chiudo gli occhi e ricerco col pensiero il profumo dei suoi capelli, il suo sorriso, le sue carezze, ed allora una forte rabbia mi assale e mi chiudo come un guscio. Una fitta forte mi trafigge il petto e non mi fa respirare, ed allora io vorrei che lei mi abbracciasse ed invece c'è il vuoto assoluto.

Gli altri ricordi sono confusi, riottosi e appiattiti. Poi mi chiedo quando ha smesso di volermi bene, di proteggermi. Ricordo il suo ultimo, triste sorriso, che mi diceva di non aver paura, di essere forte. Io non compresi subito, pensai che ancora una volta avesse discusso col papà. Ormai ero abituato a tutto, ma non mi aspettavo questo.

Al ritorno da scuola,in una casa buia e fredda, mi sono sentito vuoto.

Dov'era la mia mamma che mi veniva solitamente incontro a braccia aperte?

Ho pianto, chiamando papà. Lui è corso a casa e mi ha tranquillizzato, abbracciato e consolato.

Poi, mi ha chiesto di restare tranquillo e di aspettare.

All'improvviso un urlo disumano si è levato dalla loro camera. Io sono corso da lui che stringeva tra le mani quella lettera con cui lei chiedeva il perdono per aver scelto un'altra vita.

Mi sono chiesto il perché, ma soprattutto il quando aveva smesso di amarmi e cosa mai avessi fatto perché mi lasciasse solo.

Mi ha lasciato solo, col vuoto dentro di me.

IL MIO ANGELO

Quante notti ho pianto non comprendendo il perché. Non ricordo o forse non voglio ricordare quando tutto ebbe inizio. So solo che un giorno lei mi ha lasciato.

Incominciavo ad odiarla, perché non tornava.

Ricordo il primo giorno di scuola: le mamme mi abbracciavano con un affetto gonfio di commiserazione, come se fossi una fragile bambolina di porcellana.

Poi le guardavo abbracciare i loro figli nello stesso modo in cui mia mamma mi abbracciava. E così mi ritornava in mente, l'odore dei suoi capelli quando mi coccolava, il suo dolce sorriso e l'ultima volta che ho visto il suo viso chino su di me : sorrideva ed una lacrima le scivolava sul viso. Le chiesi il perché di quel pianto. Mi disse che erano lacrime d'amore.

Mi manchi mamma.

Non è semplice crescere da orfano e lo è ancora di più quando gli amici sono mammoni.

Gli anni sono trascorsi e il dolore si è trasformato nel vuoto. Ho ,però, la consapevolezza che lei sia il mio angelo, che mi guida, mi protegge e mi indica la strada per diventare grande.

Le prime notti senza lei sono state brutte e piene di dolore.

Oggi la sogno quasi ogni notte : gioca insieme e mi dice parole d'amore.

Al mio risveglio sono triste, ma poi ripenso alle sue parole e sorrido.

Sono trascorsi degli anni e delle volte non riesco a ricordare il suo dolce sorriso e mi assale la paura di dimenticarla, ma poi chiudo gli occhi e cerco nelle profondità della mia mente. La trovo lì, nascosta in un angolo che mi sorride.

Un giorno racconterò di lei ai miei figli e dividerò con loro i miei piccoli e dolci ricordi,conservati nel cuore.

SCELTE

37

Dio disse di non mangiare la mela, perché era il frutto della conoscenza. Mangiarla avrebbe significato morire.

La vita è fatta di scelte.

Nel mondo ci sono persone spesso sole, riservate, un po' eccentriche, persone che mai s'incontreranno, altre che si conoscono, si stringono in amicizia o si innamorano e che a volte si lasciano.

Ma il coraggio della vita è anche lasciarsi andare alla deriva. Mangia quindi la mela ed assaggia la conoscenza, perché la vita è bella e scegliere se il bene o il male è vivere, fino alla fine.

DROGA

Ero perso nell'oscurità, vagavo senza meta….

Il dolore, la sofferenza, non esistevano. Il vuoto riempiva la mia vita.

Dov'erano finiti l'amore e la felicità?

Sentivo nostalgia perfino del dolore e della sofferenza.

I miei occhi erano spenti, vuoti, morti.

Era cosi che mi sentivo: morto.

All'improvviso, nel buio, una voce calda mi chiese di prendere la sua mano ed io l'afferrai con tutte le mie forze, temendo che fosse lei a lasciarmi.

Non volevo più vivere nel buio, non volevo il vuoto.

Avevo bisogno di ritrovare il calore della luce.

Finalmente ero fuori ed iniziavo a vivere.

NOTA

Le mie dita sfiorano le tue corde, il suono mi avvolge e mi culla lentamente.

La mia mano si muove senza comando, ascoltando lentamente il mio battito. Più il cuore batte forte e più le mie mani si agitano.

Le miei gambe si muovo, il mio corpo vibra.

Mi sento come Dante che attraversa la selva oscura, senza conoscere il suo destino, ma che viene attirato nell'oscurità, come una mosca nella ragnatela.

Il suo nome è musica per le mie orecchie.

VECCHI

Occhi stanchi, sguardo perso nel vuoto.

Un tempo fieri e giocondi come l'estate, oggi portano con loro i colori dell'autunno.

Sorridono al passato, ma contano sulle mani i giorni di un riposo non lontano.

La loro parola preferita è nostalgia per un tempo lontano che non tornerà più, di persone care lasciate col cuore gonfio di amarezza, di tristezza, di malinconia.

Poi si voltano e guardano la gioventù, che corre verso il futuro, lasciandosi alle spalle,con la fretta di crescere,la fanciullezza.

Gli occhi spenti sospirano e dicono di non aver fretta di crescere, di godersi la fanciullezza perché un giorno non lontano se ne sentirà la nostalgia.

SPERANZA

Respiro l'aria del tramonto, come l'incanto del firmamento.

Lo guardo come un bambino sorride alla mamma,come un prato fiorito di mille colori,come un giorno di primavera al canto degli uccelli.

Ascolto il mio respiro calmo e lento, libero la mia mente da ogni pensiero presente e passato.

Vedo la mia vita come un soffice prato, che resiste ad ogni intemperia, ed ogni primavera fiorisce felice per un altro anno di gioia, di allegria, di rabbia e di pianto.

Il cammino nel scegliere la strada degli ideali e della libertà è pieno di difficoltà.

Cullata dalla brezza autunnale, io respiro senza timore, per diffondere la voce del cuore.

Il più delle volte è difficile avere la capacità di vivere senza condizionamenti e lasciarsi trasportare dal dolce venticello della speranza.

SE AVESSI IL CORAGGIO

Se avessi il coraggio ti direi di uscire per una volta dalla mia vita, di lasciami sola e di darmi così la possibilità di scoprire chi sono. Ne ho bisogno. Sono sempre stata un burattino nelle tue mani, un giocattolo che tu usavi quando più ti faceva comodo.

Oggi sono vecchia e guardo il mio passato vuoto e spento.

Se non fosse stato per mio figlio la mia vita sarebbe stata il nulla.

Avrei voluto viaggiare, conoscere città famose,visitare musei, vedere il tramonto sulla spiaggia. E invece l'unica volta che ho visto il mare è stato per il giuramento militare di nostro figlio.

Fu una bella giornata.

Ero emozionata per lui, ma tu come tuo solito rompesti quell'incanto con le tue feroci parole. Le ricordo ancora sai? Nostro figlio mi guardava chiedendomi il perché di quella situazione e io, come al solito, gli ho sorriso, rassicurandolo.

Ma dentro di me provavo un dolore atroce. Odiavo te e odiavo me stessa perché subivo e non avevo il coraggio di ribellarmi.

Ho pregato tanto Dio che mi liberasse di te, ma le mie preghiere sono volate al vento.

Mio figlio, l'unica cosa buona della mia vita, che mi coccolava, che mi donava la forza per andare avanti, se ne è andato per colpa tua.

Ora chi mi darà il coraggio per andare avanti?

Mi ero abituata alla tua prepotenza, ma oggi finalmente ho voglia di vivere e di lasciarti per sempre.

Non puoi immaginare la mia felicità nel saperti solo, così come lo sono stata io per tutta la vita.

Io sono una donna e voglio finalmente essere libera.

PAPÀ

Nella mia mente, infinite volte, percorro i passi di mio padre e seguo la sua sagoma che cammina a grandi passi, davanti alla mia.

Ma lui non si volta mai, avvolto dalla nebbia. I miei occhi cercano il suo sguardo, per perdermi nei suoi immensi occhi azzurri.

Ma lui non si volta ed io comincio a correre per non perdere le sue tracce. Ho il fiato corto e mi sento persa in quella nebbia fitta, piena di dubbi ed d'incertezza. Ti vedo percorrere quella strada degli adulti, senza sosta, con passo limpido e regolare.

Ogni giorno mi volto indietro e cerco il tuo insegnamento e mille dubbi assalgono la mia vita di madre. Poi ricordo i tuoi passi sicuri e fieri che mi indicano la strada, la stessa che oggi mostro ai miei i miei figli con la convinzione che questi cammineranno, senza perdersi,verso un destino di cui non bisogna dubitare.

Tu camminerai sempre dietro di me e loro cammineranno sempre d'avanti a me, ed io tra di voi non mi perderò mai.

DONNE

Ci sono donne ricche e donne povere.

Ci sono donne bianche e donne scure.

Ci sono donne allegre e donne disperate.

Ci sono donne felici e donne tristi.

Ci sono donne che senza una parola fanno vibrare la propria anima al cielo.

Ci sono donne che raccontano la propria vita come se stessero guardando un film in bianco e nero.

Ci sono donne capaci di fotografare la propria vita.

Ci sono donne che lottano contro il proprio dolore e, se ti soffermi a guardarle, senti tutta la loro sofferenza.

Ci sono donne dal cuore duro, che col proprio orgoglio rinunciano alla propria felicità.

Ci sono donne che chiudono gli occhi per non vedere ed immaginare una vita a lieto fine.

Ci sono donne che rinunciano ai propri principi per amore della famiglia.

Ci sono donne che lottano contro tutto e tutti.

Ogni donna ha il cuore di una mamma che ama e sa quando rinunciare alla propria vita per donare amore e serenità.

Non fermare mai il cuore, lo spirito, l'anima e i sogni di una donna.

Non provare a guardare col cuore di una donna perché non potrai comprenderlo.

Essere donne è amore, rinuncia, dolore, silenzio, sofferenza, sacrificio. E' donare senza ricevere nulla in cambio.

MARE

In solitudine cammino lungo le tue rive, la dolce ebbrezza mi avvolge l'anima.

I miei piedi nudi toccano la rena morbida, dove la spuma bianca mi accarezza dolcemente.

Mi soffermo ad ascoltare la tua voce calma e soave, ma anche forte e tenebrosa.

Parole dolci ed indecifrabili arrivano da te. Ascoltando bene, ti sento raccontare le mille avventure che hanno solcato le tue limpide acque.

Mi parli dei mitici personaggi a te cari, delle mille battaglie e di come tu, tra le tue dolci braccia, abbia cullato versando lacrime di dolore, le persone destinate al dolce riposo .

Sorridi al sole e agli innamorati e alle loro parole d'amore che tu, nelle tue limpide acque, hai conservato per sempre nelle profondità del mare....

NOSTALGIA

Ascolto in lontananza la tua voce che sembra sussurrarmi.

Io sono qui, lontana da te.

Nel mio cuore ti ho impresso come un immagine fotografica solitaria, discontinua, imprevedibile, come lo stato del mio animo in un momento di dolore.

La mia solitudine è legata alla tua lontananza.

Non volevo più chiudere gli occhi, ma continuare guardare col cuore le tue immagini di un passato a me caro e lontano.

Continuo a pensare e ripensare a tutta la mia vita, ripercorrendo per intero tutti i sentieri che mi conducevano te mentre grigliavi o raccoglievi i funghi.

Mi sembra di essere al cinema e assistere ad una proiezione impazzita.

Dentro di me metto a fuoco tutto ciò che il mio cuore mi comunica. Mi sento vuota e con dolore guardo le mie verdi valli impresse su una foto sbiadita.

PAROLE

Oggi ho conosciuto una persona e ho avuto subito voglia di parlarle, di comunicarle i miei pensieri.

Ho avuto fiducia in lei, come se la conoscessi da una vita.

In quell'istante mi è sembrato che solo lei fosse capace di leggere dentro la mia anima e così, aspettando l'arrivo del tram, ho iniziato a parlare.

Le ho raccontato dei miei problemi, dei miei sogni e della mia convinzione che, malgrado tutto, un giorno prevarrà la bontà delle persone.

Le ho di essere colei che non ha mai smesso di credere nei buoni principi, nell'amore a lieto fine, nella vita.

Le mie lacrime hanno iniziato a scivolare silenziose e impetuose come gocce durante una tempesta.

Lei ascoltava e non diceva nulla, sembrava leggere la mia solitudine.

Mi sentivo rilassata e sicura, come mai era accaduto in vita mia.

Il tram era in arrivo. Mi sono voltata per salutare la signora, ma ho capito che non c'era nessuno. C'ero solo io, con il mio dolore e i miei lividi.

Ho compreso che era giunto il momento di chiedere aiuto e per la prima volta ho sorriso alla vita.

DOLORE

Ho bisogno di solitudine. Non voglio vedere nessuno. Tutto e tutti mi danno fastidio.

Cerco di tenere la mente occupata, ma il mio pensiero ed il mio cuore corrono lontano, là dove c'era sofferenza, dove vivevo giorni belli.

E ora, cosa mi resta?.

Un gran vuoto e la consapevolezza che ancora una volta ho perso una persona amata.

Mi sento sola e vuota.

Il dolore riempie tutta la mia anima.

INNAMORARSI

Dicono che alla mia età innamorarsi è come una passeggiata, ma non è così.

Ho il cuore ferito dalle tue parole. Sul tuo viso leggevo la verità dei tuoi pensieri e ad un tratto, in un solo attimo tutto è sfumato come una nuvola di vapore.

Volevo che mi accarezzassi, come facevi una volta, per asciugare le mie paure, ma hai spento il mio sorriso e chiuso il tuo cuore.

Vorrei essere aria per farti respirare.

Vorrei essere acqua per cancellare le tue paure.

Vorrei essere il vento per sfiorare le tue labbra.

Ma sono solo una ragazza che ti ha donato il cuore...

UOMO

La tua storia è come il tuo linguaggio : sai camminare nel tempo. Il tuo orgoglio ti ha spinto oltre.

I tuoi pensieri, un tempo antichi, sono oggi ricchi d'amore con un animo a volte lento, precipitoso e perso altrove.

Dove sei ora con la tua forza e con il tuo orgoglio che un tempo era forte ed impetuoso come le acque di un fiume in piena?

Rimpiangi le tue verdi valli, dove un giorno i nostri pensieri scorrevano lenti e malinconici.

Il tempo resterà li, fermo a guadarti e allora tu gemerai come un dolce soffio per lasciare alla vita il tuo dolce ricordo.

SORRIDERE

Il senso della vita non so qual' è.

Ci sono giorni in cui la mia vita sembra avere uno scopo, che dopo cinque minuti scompare come se venisse avvolto dalla nebbia.

Ci sono giorni in cui mi piacerebbe farla finita, perché non resisto più e non riesco ad andare avanti. Ci penso spesso ma poi comprendo di non avere il coraggio di far soffrire le persone che mi vogliono bene. Penso a mia nonna che quasi non cammina più e che da poco ha perso un fratello. Come potrei darle un altro dolore, aggravando il suo stato depressivo?

Molte persone mi rimpiangerebbero. Mio padre non sarebbe tra queste. E nemmeno mio fratello. Loro mi cercano solo al bisogno.

Tutti dicono che sono fortunata, che ho una vita splendida. Alcuni addirittura mi invidiano. Ma loro non sanno veramente com'è la mia vita, non se la immaginano nemmeno.

Alcuni credono di conoscermi, ma si sbagliano.

Nessuno sa quel che io provo o come mi sento spesso.

Eppure mi stupisco di me stessa perché, nonostante tutto, riesco a sopportare e a mantenere il sorriso sul mio viso.

BIMBO

Bimbo mio ti guardo orgogliosa e vorrei dirti poche, semplici frasi.

Vivi in modo da non doverti mai vergognare di te stesso.

Vivi affinché le tue parole non debbano mai essere dubitate.

Vivi affinché le persone si possano fidare di te.

Non dimenticare mai di donare amore e gioia.

Non dimenticare mai di sorridere alla vita.

Non dimenticare mai di sognare la vita.

Un giorno, figlio mio, sarai una grande persona, perché hai amato e sorriso alla vita col cuore.

Un giorno tu sarai una persona speciale, capace di insegnare la vita....

BASTA UN PO DI FIDUCIA

A volte basta un solo abbraccio per far dimenticare tutto il male che portiamo dentro. A volte no…

Altre volte ti senti come se il mondo ti crollasse addosso, senza avere la forza di tenerlo in piedi.

E' in questo momento che capisci l'importanza di ogni piccolo gesto. Ti senti lontano da tutti e pensi che nessuno riesca a comprenderti.

A volte basta solo un po' di fiducia per liberarsi dal grande peso che ti opprime ogni giorno di più, togliendoti il respiro.

Continuare a mettere ogni mattina il costume della persona felice non serve.

Credi in te stessa, perché ora devi capire quello che hai dentro.

Sei un tesoro inestimabile, non dubitare della tua grandezza.

Ogni lacrima è un petalo caduto, smetti di piangere o non resteranno più fiori. Ora, combatti.

Hai tutte le armi che ti servono.

I GIORNI DELLA MIA VITA

Tutti i giorni della mia vita passata che ho trascorso con la mia famiglia e con i miei amici sono stati molto belli, anche se a volte ho litigato con loro e mi hanno fatto stare molto male vista la futilità delle motivazioni.

Quel che mi fa star più male sono state le litigate con mia madre, seppur banali.

Quando ero piccolo i miei genitori si sono separati e all'età di undici anni mia madre mi ha portato in Italia, insieme a mio fratello. Quel giorno ho lasciato tante persone care, ma in Italia ho conosciuto nuovi amici e sono stato felice che mia mamma mi abbia portato con sé.

Quando mi sentivo triste mia madre mi consolava, preoccupandosi per me.

Giunti in Italia le ho promesso che avrei fatto di tutto per non vederla soffrire.

Ogni giorno trascorso con la mia famiglia mi rende felice.

Anche se a volte faccio il duro, dentro di me, so di essere una persona molto gentile e tenera.

LA VITA

La vita è un percorso ad ostacoli, con i suoi alti e i suoi bassi.

A volte è un gioco perché sei felicissimo e tutto sembra essere semplice e bellissimo. Altre volte invece è tutto difficile ed è quello il motivo per cui vorresti non esistere e diventare un'arma letale.

La mia vita è sia un gioco che uno strazio.

Un gioco quando sono con i miei amici, con la mia famiglia e tutto va per il verso giusto. Uno strazio quando tutte le colpe cadono su di me, che sembro non combinare nulla di buono. Ed è in quel preciso momento che mi chiedi il perché sono nata…

Adesso ho un ragazzo e quando sto con lui tutto è perfetto. Quando succede qualcosa lui mi consola e mi fa tornare quella voglia di vivere che è così facile da perdere.

Cercare di dare un senso alla nostra esistenza, può a volte esasperare i nostri animi.

Il senso della mia vita è quello di rendere felici le persone che mi sono accanto.

Nel mondo di oggi accadono tante brutte cose, ma io mi ritengo fortunata, perché niente riesce a deprimermi e a farmi fare scelte che renderebbero tristi i miei cari (come ad esempio quello di ricercare la morte).

Secondo me ognuno di noi può trovare il senso della propria esistenza dentro se stesso. Ed è molto più semplice trovarlo quando non lo si cerca.

Lo scopo della vita? Beh, credo che l'unico scopo sia quello di renderci felice e di farci apprezzare le piccole cose di ogni giorno.

PERCHÈ

Mi sono chiesto quale sia per me il senso della vita. Credo di non saperlo ancora, non capisco molte cose di tutto questo.

Perché si muore….

Perché si nasce, per poi non poter vivere normalmente.

Perché si commettono errori…

Molti dicono che il senso della vita lo dia la famiglia……

Io non credo che per me sia questo. Io potrò amare la mia famiglia, ma questo non significa dare un senso alla mia vita….

Non comprendo a cosa serve tutto questo….

Quindi per me la vita non ha senso.

IMMAGINO LA MIA VITA

Immagino una piccola roccia di color rosso fuoco, in mezzo ad un bosco gigante e buio, pieno di arbusti grandi ed intrecciati tra loro.

Questo bosco non ha colori. E' cupo e fa un po' paura. Ci sono solo giorni di pioggia e grandine.

In bosco c'è solo silenzio.

Questa piccola roccia è stata colpita e calpestata tante volte….

Ma è ancora lì, al suo posto.

Di questa roccia si dice molto: su di lei sono nate leggende.

Alcuni dicono che custodisce un uovo.

Alcuni dicono che è da buttare.

Alcuni sostengono che contiene una cosa misteriosa e che nessuno saprà mai cosa sarà.

Si dice che si aprirà solo in un giorno in cui la terra tremerà.

Si racconta che un giorno uno gnomo andò a bussare alla roccia. Da essa uscì una fatina dai capelli bianchi e che indossava un rosso vestito di seta. La fatina era molto tenera. Aprì le mani, che contenevano un sassolino d'oro, e disse:

«E' come prendersi cura di un gioiello, di qualcosa di speciale. Qualcosa di così importante da non poterne fare a meno»

Lo gnomo se ne andò via sbalordito e ....

Non so come continua la storia. A volte scrivo questi racconti per sfogarmi. Beh, prendila come fosse questa una lettera.

Rispondimi.

MONTAGNE

Guardo col cuore le mie montagne.

Le osservo e penso che somigliano ad un grande e forte drago. Con la mia mente volo al passato ed immagino una creatura maestosa che, con coraggio, viveva libera sulle montagne, sfidando e rappresentando il terrore dei cavalieri.

Le guardo e sorrido alla loro forza.

Non nascondete mai la verità al cuore ed, ogni volta, ritorniamo a te così come un uccellino ritorna al suo nido, trasportato da un soffio di vento che custodisce mille avventure.

Noi, che vi sappiamo amare, non rifiutiamo mai i baci della luna riflessa tra i rami ed ascoltiamo il vento che ci conduce oltre ogni fantasia.

Questo libro è il prodotto della mia fantasia. Molti personaggi
ed eventi sono ispirati a figure storiche, altri sono del tutto
fittizi. A parte il caso di personaggi realmente esistiti,
ogni somiglianza tra quelli fittizi e reali,
vive o defunte è puramente casuale.

Finito di stampare nel mese di Aprile 2013
per conto di Youcanprint *Self - Publishing*